NITHART GRÜTZMACHER

101

KOMMENTIERTE SCHÜTTELREIME

UNERHÖRT UND ORIGINAL

Nithart Grützmacher

ICH MUSS RASCH IN DEN BIOLADEN
UND GEHE DANN MIT LIO BADEN.

101 kommentierte

SCHÜTTELREIME

unerhört und original

Geistkirch

ISBN 978-3-946036-88-3

www.geistkirch.de

1. Auflage 2018

Verlag: Geistkirch Verlag, Saarbrücken
Titelmotiv: © raven – Fotolia.com
Titelgestaltung: Florian Brunner, Saarbrücken
Satz und Layout: Harald Hoos, Landau
Printed in EU

Die Schüttelreime sind *da!*
Man muss sie nur finden.

EINE SUCH-STRATEGIE SIEHE UNTER NUMMER 50.

Vielleicht trägt dieses Buch unter anderem dazu bei, von einem bloß witzelnden Gebrauch von Schüttelreimen abzugehen. Schüttelreime sind Geheimnisträger, manchmal auch Schocker. *Ich sah ihn in die Brücke stechen und sah sie dann in Stücke brechen.* – Ist das spaßig nach dem Einsturz des Polcevera-Viadukts in Genua? Nein. Schüttelreime haben viele Eigenschaften, die in dieser Konzentration anderen Textsorten nicht eigen sind. Natürlich lieben sie das Possenhafte, aber das steht in enger Nachbarschaft zum Aggressiven und Vulgären. Meist haben sie doppelten Boden. Sie lieben das Fremde.

EIN KLEINER EINFÜHRUNGSTEST

Was ist eine Boklürste / eine Kingerfuppe /
ein Ruchbücken / ein Hesternschweim / Sabrilien /
Lottschand / was sind Leruquanten / Romepanzen /
frinesische Chauen / was ist Surenspuche /
Ramschöte / Beißwier / oder eine Tronnennacht /
was sind Talschiere / Wegenrürmer /
oder was ist ein Stittelmürmer?

AUFGALOPP

Es logen die Zeichen, hin zogen die Leichen.
Es motzten die Kinder, es kotzten die Münder.
Die Käufer gingen segeln, die Säufer gingen kegeln.
Und es pustete der *hunter*, und es hustete der Panther.

Es wichsten die Treiber, es tricksten die Weiber.
Es zackelte der Wahn, und es wackelte der Zahn.
Es sauften die Rinder (sie soffen), es rauften die Sünder (sie roffen).
Und es gurrten die Schnecken, und es schnurrten die Gecken.
Und die Bande des Rächers hing am Rande des Bechers.
Und viele Tonnen von Strandsand belagerten den Sandstrand.
Und Hunderte von Schweinelappen sah man an der Leine schwappen.
Der Wasen wurde immer nasser: zehntausend Liter Nasenwasser!

Und die Wächter gingen in die Vollen, denn sie wussten,
was die Fechter wollen.
Und sie schauten in den Himmel und sie hauten auf die Schimmel.

Denn die Geusen hatten, geschlossen,
alles in die Schleusen gegossen.
Und Hinze sprach mit seinem Mund:
Die Minze hier ist für den Hund.

UND HIER DIE PARADE DER 101 KOMMENTIERTEN SCHÜTTELREIME

1

So als würden Saaten brummen,
hör ich es im Braten summen.

Schüttelreime ermöglichen uns einen Blick in andere Welten, von denen wir ohne sie niemals etwas erfahren würden. Seit ich diesen Reim entdeckte, höre ich es in einem Braten wirklich summen. Das Brummen der Saaten mag grenzwertig leise sein. Ich spüre es trotzdem. Ein bisschen unheimlich. Ich möchte aber grundsätzlich davor warnen, ein Raunen hören zu wollen, wo keines ist.

2

Die Schwestern lächeln:
Sie lästern <u>die</u> Typen, die schwächeln.

Das ist hart. Unbarmherzig. Allerdings wissen wir nicht, was den Schwestern schon alles untergekommen ist.

3

Wusstest du, mein lieber Besen,
auch die Biber können lesen?

Klaaaar! – Lesen Biber,
ist es Besen immer lieber!

Die Besen haben sich schon lange mit dieser Frage beschäftigt und haben einen klaren Standpunkt entwickelt. Ganz plausibel. Man muss bedenken, dass Besen herkömmlicherweise einen Holzstiel haben, und wenn dann ein ungebildeter Biber ihnen zu nahe käme ... Gebildete Biber lassen Besenstiele in Ruhe, weil sie sie dem Bereich der Zivilisation zurechnen, dem sie sich selbst angehörig fühlen. Interessant auch, wie der angesprochene Besen in seiner Antwort das „klar" mimetisch in Richtung eines Besenstiels hinzieht. Vergleiche im Übrigen die Nummer 31.

4

Beim Polo hatte Simmel
ein bestechendes Solo mit Pimmel.

Pimmel ist Simmels Pferd. Es ist witzig, dass ausgerechnet Simmel sein Pferd Pimmel nennt.

5

Bleich sitzt sie vor ihrem Glase,
das in As-Dur sie gleich blase.

Eine etwas groteske Situation. Wenn sie auf dem Glas doch blasen kann, warum dann dieses blasse Aussehen? Ist es Lampenfieber? Angst? Kann sie es doch nicht so gut? Oder macht ihr vielleicht die Tonart Sorgen? Dass sie da nicht genug geübt hätte? (Wie sie gerade auf As-Dur kommt? Vielleicht wegen *Glas* und *blasen?*) Man wäre gerne dabei, wenn sie dann anfängt.

6

Ich muss rasch in den Bioladen
und gehe dann mit Lio baden.

Ich weiß nicht, mit Lio baden gehen, das kann man sich wirklich schön vorstellen. Ich finde es befremdlich, dass der Einkauf im Bioladen extra erwähnt wird. Das schwächt den Hinweis auf die Badeaussichten ab. Etwas charmanter: *Zuerst noch schnell zum Bäckerladen, / dann gehn wir beide lecker baden.*

7

Durchs enge Tal sieht man die Brotans waten:
hin durch die Schlucht zum Wotansbraten.

Man täusche sich nicht: Die Brotans waren eine hoch angesehene Familie, die zum Beispiel echte Bärenfelle trugen, keinerlei Substitute, und ihre Keulen waren garantiert aus Eichenholz. Dass sie am Wotansbraten, einer Riesen-Schlemmerei zur Tag- und Nachtgleiche im September, teilnahmen, war schon seit vierhundert Jahren eine ausgemachte Sache. So privilegiert wie die Teilnehmer an diesem Event, so apart ist auch der abgelegene Schauplatz.

8

Das hat der Mama Lust gebracht,
dass Bebi an der Brust gelacht.

Dass ihr das gefallen hat, das kann man sich leicht vorstellen. Gelächelt an der Brust, das wäre mir bei Babys vertrauter. Aber lachen, das ist schon toll.

9

Du sollst jetzt auf der Stelle schweigen,
dann darfst du auf die Schwelle steigen.

Wir werden in diesem Reim Zeuge einer Schlafzimmerszene. Der Schüttelreim ist per definitionem gegen irgendwelche Peinlichkeiten oder Schutz der Privatsphäre völlig immun. Das muss man wissen, wenn man sich auf ihn einlässt. Die Geliebte gebraucht das Wort Schwelle vermutlich für das, was landläufig (und in wunderbarer Weise poetisch) der Venushügel heißt. Dabei entgeht ihr, dass Schwelle etymologisch gar nichts mit Schwellung zu tun hat (was ihr wahrscheinlich als Bild für diesen Hügel vorschwebt), sondern *Grundbalken* bedeutet (der selbst unter der Tür noch durchläuft). Der Mangel an solchen speziellen linguistischen Kenntnissen tut aber der Liebe keinen Abbruch. Schon eher muss es uns verwundern, dass sie von dem Geliebten erst einmal fordert zu schweigen. Ist er ein Plappermaul, ein Schwätzer? Das täte mir sehr leid für sie. Vielleicht hat er aber auch schlicht Angst. *Schwellen*angst. Wie in dem Film *Am Strand*, den wir kürzlich gesehen haben. Da ist *sie* es, die redet und redet, um nicht zur Sache kommen zu müssen.

10

Kannst du mir die Vokabel nennen
für wenn wir unseren Nabel kennen?

In der sprachlichen Abbildung unserer Welt gibt es große Lücken. Unsere Sprache ist essenziell defizitär. - Dem Fragesteller hier kann jedoch geholfen werden. Die verlangte Vokabel heißt: Nabelkenntnis, oder besser, weil es ja *unseren Nabel* heißt, Eigennabelkenntnis. Kein sehr schönes Wort, aber immerhin!

11

Mit Bangen und schlechtem Gewissen
in die Wangen gebissen.

Bei aller Eleganz dieses Reims weiß man erst einmal gar nicht: Wer? Wem? Wann? Wo? Unter welchen Umständen? Und warum denn mit Bangen und schlechtem Gewissen? Und warum denn die Wangen im Plural? Auch das Wie dürfte interessant sein. Von außen? Von innen? Vielleicht sind Beißer oder Beißerin und Gebissener oder Gebissene dieselbe Person? (Ich sage Person, denn um Tiere kann es sich nicht handeln. Wir betrachten Tiere nicht als mit Gewissen begabt.) Dieser Reim, scheint mir, könnte die Keimzelle einer größeren Sache sein. Es muss eine Lösung geben.

12

Meine Schwäger nennen jeden alten Jäger einen Schweden.

Sollen sie! Ich kann es ihnen nicht verbieten. Sie lassen sich wahrscheinlich durch die häufig gebrauchte Redewendung vom alten Schweden leiten. Na, alter Schwede! So würden sie diese Jäger gerne, ihnen auf die Schulter klopfend, ansprechen. Ich halte es allerdings für etwas respektlos und die Übertragung vom Jäger auf den Schweden auch nicht für allzu witzig.

13

Roll bitte diese Kabel ein,
denn ich bin Abel, du bist Kain.

Das war vor dem Mord an Abel! Um welche Kabel es sich hier handelt, ist nicht überliefert. Es ist anzunehmen, dass sie zu dem Zeug gehören, das man so braucht, wenn man ganz von vorne anfangen muss und sich erst einmal einrichten will. Stromkabel waren es vermutlich nicht. Spätlateinisch *capulum* ist das Tau, Schiffstau. Da kommen wir wahrscheinlich schon eher hin. Aber wie Abel hier auftrumpft – das ist eine harte Provokation für Kain.

14

Er wollte gerne Schiller heißen,
doch konnte Hiller nichts als scheißen.

Das ist auf Hillers Seite zu wenig, auch wenn es nur um die Namensgleichheit mit Friedrich Schiller geht, die er anstrebt. Es ist zu wenig.

15

Auch in Hagen erprobt er die Kraft.
Jetzt gehts ihm an den Kragen: Haft!

Ich nehme an, dass dieser Mensch in der ganzen Bundesrepublik auf Raubzug ging, aber jetzt in Hagen hat es ihn erwischt. Ich würde mich aber nicht wundern, wenn es der Typ aus der Nummer 14 wäre, Raubzüge hin, Raubzüge her. Das hieße dann nur, dass es der Polizei gestunken hat. Für diese Interpretation spricht auch, dass es nicht heißt „seine" Kraft, wie es üblich wäre, sondern „die" Kraft, mit dem demonstrativen „die", das auf das in Nummer 14 bezeichnete (einzige und etwas armselige) Talent Hillers verweist.

16

Aus einer einzigen Büffelhaut
hat Hüffl diese Stadt erbaut.

Meine Bewunderung! Das ist unglaublich tüchtig.

17

Es gab auch eine Hüffl-Bar.
Man nannte sie *Das Büffelhaar.*

Die Hüfflbar ist nur *ein* Beispiel. Es gab nämlich auch eine Hüfflstraße, einen Hüfflpark, eine Hüfflarena, eine Hüfflklinik, ein Hüffllichtspielhaus sowie einen Katholischen, einen Evangelischen und einen Islamischen Hüfflkindergarten. Es gab des Weiteren das sogenannte Büffelhaus als zentrales Element des gewaltigen Hüfflbaus, einer Shoppingmall.

18

Ach, rief die alte Krähe, ach,
was für ein schöner Ehekrach!

Das Leben hat diese Krähe zynisch gemacht. Oder ist sie nur eine lustige Nudel, die ihren Spaß an ein bisschen Zoff hat?

19

Zum Schmusen für Baal
war ihr Busen zu schmal.

Bei Brecht wird Baal als Elefant bezeichnet oder gar als Fettkloß geschildert, der immer fetter wird. Religionsgeschichtlich: semitisch und auch syro-phönizisch ist Baal ein Sturm- und Wettergott, wie ein mächtiger Stier. Worauf sich dieser Reim bezieht, bleibt offen. Umgangssprachlich spricht man von einem *kleinen* Busen - aber schmal? Nun, da liegt eben der Reiz. Denkanstoß. Mir fällt auch ein, dass man wohl von *schmalbrüstigen* Menschen spricht, vielleicht eher von solchen Männern. Aber *schmalbusig* ist nicht bekannt. Ich bin alles in allem froh für diese vermutlich äußerst grazile Frau. Ihr blieb sicher einiges erspart!

20

Da hocken sie auf ihren Sohlen.
Man sollte ihnen Socken holen!

In Algerien, im Jemen, in Afghanistan, vermutlich auch in der Mongolei oder in Uruguay – ich weiß nicht, wo die Szene ist, habe aber den Eindruck, dass hier falsches Mitleid im Spiel ist. Natürlich drücken sich im Schüttelreim auch falsche Haltungen aus. Dafür haben wir hier ein gutes Beispiel. Man schließt von sich auf den anderen, ohne sich auch nur die geringste Mühe zu geben, sich in den anderen hinein zu versetzen, das krasse Gegenteil von ethischem Verhalten. – Die hier werden doch wissen, was sie tun! Sie folgen vermutlich, auch ohne es zu wissen, alten kulturellen Traditionen und fühlen sich dabei wohl.

21

Reizend, dem seligen Traum vom
Kämpfen entsprossen,
die Beine spreizend, auf herrlichen Rossen.

Das ist nicht Kleist, nicht Penthesilea. Amazonen waren, so hört man, auf der Sehnenseite brustamputiert. Das hier ist schöner. Diesen Damen geht es, so will ich es mir vorstellen, eher <u>nur</u> um den ästhetischen Wert des Kampfes. Niemand sagt im Übrigen, dass es nicht auch Männer sein könnten.

22

Maus Alta aus Malta!

Mit viel Würde wird sie angekündigt: Alta! Wie eine große Dame. Sehr vornehm vermutlich. Dieser knappe Schüttelreim versetzt uns in den Bereich der Fabel. Eine frühere Arbeit von mir (Jahrzehnte ist es her, sie entstand in kleinen Verschnaufpausen, wenn ich Klassenarbeiten korrigierte) hat viele Mausnamen aufgelistet. Meine Kinder mochten diese Liste. Die Mäuse hatten fast alle Vor- und Nachnamen. Der Titel der Sammlung war: „Frieder Burgsau und seine 400 tapferen Kameraden." Ich will hier 22 von ihnen aufzählen. Alle 400 würden den Rahmen dieser Arbeit sprengen. Es gab Frieder Burgsau, Martin Burgsau (Frieders Großvater), Harald-Jürgen Lommatzsch, Kaftan Kleffbefferle, Karla Rattenschwanz (eine Ordensträgerin), Helmut Cohn Weihnachtsabend, Evelyn Eichelbeißer, Maus Hölderlin, Berthold von Platz, Hans Maus (Intimus von Frieder Burgsau), Wiedemann Mops, Hylobert Grauzahn, Felix Rhododendron (Mäusenotar), Claus Seife, Fritz Reclam, Franz Otto Peter Wilhelm Löwe (Standesbeamter), Christian Wagner (dichtende Maus in der Agrarverwaltung), Christa Ingelind Schnurz, Otto Pelz, Lothar Straps von Ärschlein (Leiter des Umweltschutzamtes), ich will nicht ausschließen, dass ein von Ärschlein auch schon in Goethes Jugendschriften auftaucht, sodann Rudlieb Leckerbach und Nicole. Die Maus Alta kommt mir vor wie eine Vertreterin jener mythischen Mausezeiten.

23

You are a real *ferkel*, man!
No. I'm just a Merkel-Fan.

Zwei Ansichten prallen aufeinander. Was dem einen saubere Politik ist, wo nichts passiert und man sich keine Gedanken zu machen braucht, ist dem anderen zuwider. Diese zweite Person denkt wohl daran, dass man die Welt nicht schwarz-weiß malen darf: hier das moralisch hochgerüstete, von Werten gesättigte, materiell selige Deutschland, dort die bösen Terroristen – Merkels Bild in ihrer Neujahrslangeweileansprache Ende 2016.

24

Schon nach vier Stunden
hat sich Stier gefunden.

Dieser Schüttelreim fällt mit der Tür ins Haus. Das gehört zum Schüttelreim ganz allgemein. Er braucht für seine Botschaften kein quasi logisches Geflecht von Zusammenhängen. Er kann sich darauf verlassen, dass in der Welt insgesamt so viel Sinn vorhanden ist, dass er nicht unten durch fällt, will andererseits aber auf keinen Fall plump erscheinen, so dass er seine Hörer oder Leser mit der Nase in ein jedermann Verständliches hinein stoßen müsste. Er ist seinem Wesen nach extravagant. Wie der Stier entkommen ist, ob er abgehauen ist, ob ein höheres Schicksal ihn auf die Seite genommen hat, ob er sich nur versteckt hat, ob er vielleicht gestohlen worden ist (was mir in dem Augenblick, wo ich es schreibe, am ehesten so zu sein scheint), bleibt offen. Wie die Suche sich abgespielt hat: Da gibt es so viele Möglichkeiten! Leicht könnte man einen Roman oder einen Film daraus machen. Die oberschlesische Färbung, dass der Stier ohne Artikel daherkommt, macht das landwirtschaftliche Ambiente der Szene kenntlich.

25

Hat sie richtig weiße Haare?
Das wäre wahrlich heiße Ware.

Eine Braunbärin? Eine polynesische Skulptur? Eine Hure?

26

Als sie den dicken Ringer fing,
vergaß sie ihren Fingerring.

Alles stimmt zusammen. Sie fängt den Ringer, er ist dick, kaum bekleidet, strotzt vor *sexiness*, da vergisst sie sich natürlich leicht, und ihren Freund oder Ehemann gleich mit, und ergibt sich dem kostbaren Augenblick.

27

Kürze die Wolle,
das bringt Würze, sprach Kolle.

Ja, wer kennt ihn noch, Oswald Kolle, den Aufklärer und Mutmacher der sechziger und siebziger Jahre? Sein Rat (oder handelt es sich gar nicht um *Oswald* Kolle?) ist seither vielfach angenommen worden und hat sich durchgesetzt. Ist Schamrasur nicht gerade heute sehr beliebt?

28

Ralf kühlt sein wundes Wadenbein
am Kaiserstuhl in Badenwein.

Möglicherweise einer der Spieler des FC Freiburg. Benutzt er einen Eimer voller Wein? *In* Badenwein – reichen da auch bloß Umschläge? Aber vielleicht bemüht der Reim eine ironische Wendung, um zu beschreiben, dass der Akteur sich volllaufen lässt (mit drei l wie lallen). Man könnte bei dem genannten Sportclub nachfragen.

29

He often farts here,
but he lives in Cologne on Hartz IV.

Wenn der Schüttelreim ins Englische führt, dann bitte! Die Szene ist in Yorkshire. Ich kannte einen Typ aus Yorkshire mit dem Namen Moorehouse, der hätte inhaltlich keinen Anstoß genommen. Er schilderte mir die Leute dort als unmittelbar, naturverbunden und begabt mit deftigem Humor. Der furzende Protagonist dieses Reims ist vielleicht Engländer, aber genau bestimmen lässt sich das nicht. Wir wissen nur, dass er zwischen Yorkshire und Köln pendelt.

30

Ich bin zwar nicht aus der Rheinischen Schweiz,
finde aber am Schweinischen Reiz.

Das ist ein anderes interessantes Phänomen des Schüttelreims, der Charakter des Irrealen: Der Schüttelreim kann beleidigend wirken, diese Wirkung ist aber nur gegeben aus der Perspektive der realen Welt. Der Schüttelreim ignoriert die Perspektive der realen Welt - ganz nach Lust und Laune. Mit anderen Worten: Die Rheinische Schweiz muss sich *realiter* hier nicht angesprochen fühlen. Es ist wie mit der Kunst. Es ist eine andere Welt. Inhaltlich ist das Schüttelnde Ich (wie man in Anlehnung an den Begriff des Lyrischen Ich sagen könnte), glaube ich, gar nicht in so schlechter Gesellschaft. Die Sache hat mit unserer Animalität zu tun, und die ist, wie wir alle wissen, allgemein.

31

Es nahm der Richter aus der Truhe
den großen Trichter und sprach: „Ruhe!"

Seither spricht man vom Truherichter
und lobt sich seinen Ruhetrichter.

Man könnte hier von einem Rima arrotondata, einem abgerundeten Schüttelreim, sprechen. Er bildet ein zweites Reimpaar mit den nicht gereimten Stücken des ersten Paars. Auch Nummer 3 ist ein solcher und es folgen noch einige. Der hier vorliegende bezieht einen gewissen Charme aus der ziemlich betagten technischen Ausstattung, wenn der Richter sein Sprachrohr in Form eines Trichters aus einer Truhe holt. Der Richter imponiert durch den Respekt, den er sich in weiter Umgebung (sicher nicht zuletzt wegen der einfachen Technik und durch die Festigkeit seines Verhaltens) verschafft hat.

32

Ihrer Brille Brillenrand
hatte einen Rillenbrand.

Ich möchte jedermann, alle Frauen eingeschlossen, davor warnen, einen Rillenbrand am Brillenrand zu verniedlichen. Das kann sehr leicht ins Auge gehen! Ich möchte außerdem alle Brillenträger dazu aufrufen, ihre Brille so zu putzen, dass auch die Ränder, wo sich gerne Zeug absetzt, sauber werden. Man denke einmal darüber nach, wie denn Brände an Brillenrändern entstehen!

33

Ihr Pferd hatte Hanne auf dem Herd in der Pfanne.

Ach ja! Ich will über Hanne nicht den Stab brechen. Wer kennt denn schon die Hintergründe dieser traurigen Mitteilung? Ich denke unwillkürlich auch an Mörike: Muss ich am Herde stehn! Das Thema ist nicht ganz das Gleiche, aber immerhin geht es auch hier um eine nachhaltige Trennung. Und jetzt aufgepasst: Was bei uns *futsch* heißt, heißt in Österreich *pfutsch*. Es dürfte einleuchten, dass das Pferd in Hannes Pfanne futsch oder eben pfutsch ist, und insofern könnte man es geradezu als Pfutschpferd bezeichnen. Und woran erinnert das? An das Hutschpferd, das es in der Österreichischen Sprache und auch im Bayrischen gibt, wo es die Stelle unseres Schaukelpferds einnimmt. Und nun die eigentliche Pointe: Schüttelt man *Hutschpferd* so kommt *Pfutschherd* heraus, und genau das ist der Herd, an dem die arme Hanne zugange ist.

34

Wie kamen denn des Recken Hosen gestern in die Heckenrosen?

Gute Frage, sagt man heute gern, wenn man die Antwort nicht kennt. Der Fantasie sind hier keine Grenzen gesetzt. Meine eigene Idee ist die: Der Recke, der Held also, der Protagonist der Geschichte, ist da in etwas hineingeraten, das er nicht mehr kontrollieren konnte. Das muss kein Liebesabenteuer gewesen sein, auch wenn das sehr nahe liegt, es kann auch mit der Notdurft des Mannes zu tun haben, kann einen kriminellen Hintergrund haben oder könnte sogar in der Welt des Spielens begründet sein. Am besten aufgehoben wäre die Szene bei dem fränkischen Kabarettisten Matthias Egersdörfer, der einmal äußerst witzig schilderte, wie eine Anrichte auf der Autobahn lag.

35

Wenn alle Philosophen Schlegel hießen,
könnte man nicht auf Hegel schließen.

Nicht auszudenken, wohin der philosophische Diskurs führen würde. Gewiss kämen Unklarheiten auf, von denen es in der Philosophie ohnehin schon manche gibt. Wenn Schlegel Schlegel widerspricht, weil Schlegel Schlegel Schlegel leicht vorhalten kann (also: der Schlegel dem Schlegel den Schlegel, oder: Nominativ, Dativ, Akkusativ), der sich seinerseits auf Schlegels berühmte Interpretation der Schlegelschen Doktrin stützt! – Mich fasziniert die inhaltliche Schlichtheit dieses Schüttelreims, es ist eine so einfache, soll ich sagen: fundamentale Wahrheit, die er ausspricht.

36

Schenk ihnen einen Nasenbär,
dann kommst du deinen Basen näher.

Ein Rima fonetica, wo der Reim nur dem Klang, nicht auch der Orthografie gehorcht. Bei Basen denke ich gern an das Bäsle von Wolfgang Amadeus Mozart, mit dem er ja, zumindest verbal, sehr intim war. Den Basen näher kommen ist in meiner Fantasie ein erotischer Wunsch. Die Empfehlung unseres diesbezüglichen Schüttelreims klingt auf die erste Bekanntschaft mit ihm befremdlich, um nicht zu sagen abwegig. Aber wer weiß! Vielleicht steckt eine einschlägige Erfahrung dahinter. Es ist auch nicht leicht, einen Nasenbär an Land zu ziehen, wie man so sagt. (Mir ist bewusst, dass Nasenbären nicht im Wasser leben.) Aber gesetzt, das ist gelungen und das Geschenk ist in ordentlicher Weise vollzogen worden, dann ergibt sich mit großer Wahrscheinlichkeit ein ziemlich enges Kommunikationsverhältnis zwischen dem Schenkenden und den Beschenkten, denn wie es diesem Wüsselresen, Entschuldigung: Rüsselwesen fürderhin geht, wird ein Dauerthema sein. Und wenn der Kontakt dann solchermaßen hergestellt ist, dann müsste sich ein Abzweig in die gewünschten Gefilde auch finden lassen, zumal der Plural (*Basen*) suggeriert, dass es nicht nur eine ist, auf die sich diese Wünsche richten, und je größer die Anzahl der beschenkten Basen, desto größer wohl auch die Chance dazu. Anzumerken wäre noch, dass die Behaarung des Nelson-Nasenbärs, den es auf der Insel Cozumel gibt, im Gegensatz zu den Festlandpopulationen in Mittel- und Südamerika kurz und recht weich und seidig ist, so dass sein Haar sich gut zum Kuscheln eignen könnte, was den Basen sicherlich sehr gefallen würde. Insofern wäre es sinnvoll, genau diese Unterart zu wählen. Die Chose ist aber nicht ganz ohne Risiko: Vielleicht nämlich kriegst du eins aufs (Vorsicht: Schüttelreim) Nasenbein und die Basen sagen nein.

37

Oh Stuttgart, liebe Hauptstadt,
ob es auch gestern wieder fein gestaubt hat?

Die metrisch unzulässige Silbenhäufung im zweiten Vers bildet den lästigen Feinstaub ab, der sich am Neckartor sammelt, oder den Abrieb der Autoreifen.

38

Mit ausgesuchten Lüsten weben
die Scheichs ihr karges Wüstenleben.

Weben, das ist eher eine Metapher der Goethezeit. Damals webte oder wob sich schicksalhaft vieles zusammen. Es ist nach meinem Empfinden stilistisch etwas zu hoch angesetzt und passt auch gar nicht in den Kulturkreis. Wir verstehen immerhin, was gemeint ist. Die Scheichs machen es sich recht bequem, und zwar, darauf kann man wetten: auf Kosten anderer. – Ein Rima ortografica: *Lüste* und *Wüste* reimen für empfindliche Ohren nicht wirklich.

39

Dass jemand sie zu lecken deuchte,
lag einzig an der Deckenleuchte.

Am liebsten würde ich diese Nummer gar nicht kommentieren. Andererseits wäre das feig. Also bekenne ich. Ich bin über diesen Fund glücklich. Er ist so klar, auch wenn das mit dem Licht gerade nicht so funktioniert. Er ist sprachlich überaus elegant, er klingt gut. Und er ist inhaltlich eine Wucht. Hier müssten die Logiker ran. Erlaubt es denn die Logik des Reims, sich vorzustellen, dass jemand sie leckt, wenn es doch *einzig* an der Deckenleuchte lag, dass es einem so *vorkam* (*deuchte*)? – Und *jemand*? Wer denn? Auch das war bei dem Licht nicht zu erkennen.

40

Er saß auf seiner Psalter-Alm
und sang. – Es war ein alter Psalm!

Wer hat der Alm wohl den Namen gegeben? Er selbst?
Die Dorfbewohner unten? Und hat dieser alpenländische David
überhaupt auch andere Sachen gesungen?

41

Bringen <u>Boote</u>
Bingen Brote?

Wie schon die Nummer 22 ein Rima nuda, ein nackter Schüttelreim, der nichts als die beiden reimenden Wortpaare enthält. Inhaltlich ist der Reim eher als harmlos einzustufen. Alle werden sagen: Ja, natürlich, warum nicht? Und alle werden wissen, dass Bingen seine Brote nicht *nur* über den Rhein bezieht.

42

Der Ritter mit dem langen Spieß
dem Fräulein sieben Spangen ließ.

Hier bin ich verlegen. Was steckt hinter dem Schüttelreim? An der Oberfläche ist er ein bisschen langweilig. Es klingt zwar nach einem vielleicht sogar abrupten Ende der Minne und nach großer Enttäuschung auf Seiten der Angebeteten, aber dass es nun gerade sieben Spangen sein sollten, macht mich stutzen. Sind wir hier überhaupt im Mittelalter? Haben wir es nicht vielmehr mit einem zynischen Bescheid über einen ganz konkreten Befund einer viel späteren Zeit zu tun, der sich mit dem mittelalterlichen Vokabular schmückt und in der Metapher der Spange die Zahl der Geburten versteckt, die irgendein Prahlhans einem armen Gretchen angehängt hat? Ich weiß nicht.

43

Um dieser schönen Stellen willen
wollen wir die Wellen stillen.

Die Schüttelkunst nur noch um ihrer selbst willen? L'art pour l'art? – Andererseits: Als Interlude in einer Liebessequenz vorstellbar.

44

Auf seine großen Taten pocht er.
Mit Staunen hörts die Patentochter.

Ein ziemlicher Angeber, der da sehr bequem im Sessel sitzt, und die Patentochter, die ihm vielleicht sogar zu Füßen hockt, hat noch keine Erfahrung und lässt sich von dem alten Idioten blenden.

45

Man sieht es diesen Meisen an,
es füttert sie der Eisenmann.

In Stuttgart auf dem Schlossplatz saß in den sechziger Jahren in den Tagen um Weihnachten herum an den späten Nachmittagen ein Mann mit einer soliden Blechschüssel voller Vogelfutter und wartete auf Kundschaft. Wir nannten ihn den Eisenmann. Ein bisschen spielte bei der Namensgebung auch die eisige Kälte eine Rolle, der er sich aussetzte. Aber die Meisen waren's zufrieden. Sie legten zu.

46

Im Aggregat auf Himmel schalten,
dann kannst du dir den Schimmel halten.

Welch eine wunderbare Vorstellung, auf Himmel schalten zu können! Und eine gute technisch-ästhetische Leistung des Reims, sich zu diesem Zweck ein diese Schaltung ermöglichendes Aggregat zu denken. Präzise einerseits, viel Platz zur genauen Ausgestaltung und Anordnung lassend andererseits. Ich sehe in der vorliegenden Kommunikationssituation ein etwa dreizehnjähriges norwegisches Mädchen mit dem Wunsch nach einem weißen Pferd vor mir. – Ich hätte auch gern ein solches Aggregat.

47

Nein, mein Sohn, wir wüssten keine wirklich guten Küstenweine.

Ich bin kein großer Weinkenner. Anders als Peer Steinbrück trinken wir zu Hause durchaus auch Weine, die keine sechs Euro kosten. Unser Alltag gibt gar nicht viel mehr her. Ich weiß nicht, ob *Küstenwein* ein Fachwort ist. Ich weiß nicht, wo überall auf der Welt Küstenweine wachsen. Ich kann mir aber unmöglich vorstellen, dass es keine guten Küstenweine geben sollte. Italien besteht ja zum Beispiel nur aus Küsten und hat doch fast die besten Weine. Selbst wenn Küstenweine in der Regel durch scharfen Wind gefährdet sein sollten, so muss es doch Küsten geben, wo die Reben durch Felswände, Pflanzenwuchs und was auch immer geschützt heranwachsen können. Demnach läge hier eine sehr spezielle Kommunikation mit einer sehr speziellen Vorgeschichte und so weiter vor, keinesfalls eine Aussage, die sich auf Küstenweine allgemein beziehen ließe.

48

Warum musst du weinen, Kind?
Magst du wirklich keinen Wind?

Wer schon in Katwijk Aan Zee Urlaub gemacht hat, wird mir zustimmen, dass der Sprecher (vermutlich der Vater des Kindes) sarkastisch daher redet. Er mag ja abgehärtet sein, allen Stürmen trotzend, vielleicht ein Kite-Surfer, dem es nicht windig genug sein kann, aber dann muss er doch nicht annehmen, dass das auch dem Kind behagt. Ihm fehlt Einfühlungsvermögen.

49

Ich will auf Hartz schwören: Wilson tut schwarz hören!

Ist Wilson die Person aus der Nummer 29? Dann wüssten wir jetzt wenigstens, dass die dort gemeinte Person doch britisch ist. Immer noch nicht mit ganzer Sicherheit. Auch ein Kölner Junge könnte einmal Wilson heißen. Es gibt ja zum Beispiel auch Kevins in Köln, dann könnte es auch Wilsons geben. Vielleicht lebt *ein* Elternteil von Wilson in Yorkshire? Vielleicht in zweiter Ehe? Wir werden diese Fragen nicht auflösen. Wir wissen ja nicht einmal, ob Wilson wirklich schwarz hört. Vielleicht sollen wir hier auf ein falsches Geleise geführt werden.

50

Sie können ganze Hallen füllen,
vorausgesetzt, es fallen Hüllen.

Und immer, wenn die Hüllen fallen,
ists ausgemacht, Sie füllen Hallen.

Diese Nummer (so wie auch 55) ließe sich durchaus kommerziell auswerten. Der zweite Teil des (abgerundeten) Reims spricht sogar eine Erfolgsgarantie aus. – Ich habe den ersten Teil einmal verwendet, um zu erläutern, wie man Schüttelreime herstellen kann, besser gesagt, finden kann. Hier also eine kurze Anleitung:
Man muss zuerst ein Reimpaar finden, dann ein zweites Reimpaar mit denselben Anfangsbuchstaben: Hallen / fallen // Hüllen / füllen. Dann muss man „schütteln", also über Kreuz zusammenstellen: Hallen füllen / fallen Hüllen. Der letzte Schritt ist es (manchmal der schwierigste), daraus vernünftige Verse zu machen. Wenn das vollzogen ist (oft auch noch früher, gleich bei der besagten Zusammenstellung), ergibt sich, ob der Schüttelreim überhaupt *brauchbar* ist. Grob gesagt: Ist er allzu blöd? Allzu unergiebig? Allzu harmlos? Allzu abwegig? Die meisten *sind* all das übrigens! Insofern braucht man viel Geduld. (Der Vollständigkeit halber ist anzumerken, dass es nicht immer nur die Anfangsbuchstaben der Reimwörter sind, die ausgetauscht werden. Es können ganze Buchstabengruppen oder Cluster sein, alles nämlich, was vor dem ersten Vokal des betreffenden Worts steht, siehe zum Beispiel „schw" bei *schwarz* in 49.)

51

Für folgenreiches Kurzfasten
erfand Fritz Behr den Furzkasten.

Proportional zur Fastenkürze
erklangen nun die Kastenfürze.

Ein abgerundeter Schüttelreim mit leichter Variation im zweiten Teil. Der Furzkasten scheint mir eine sehr hintersinnige Erfindung zu sein, im wahrsten Wortsinn. Wie das physiologisch mit dem Fasten funktioniert, kann ich nicht sagen.

52

Sie treten unter Bäume
und beten ihre Träume.

Ein Rima lirica. Siehe 59.

53

Wäre ein Hirsch dir zu Munde heute?
Dann verlass dich auf Hildemars Hundemeute.

Zu Munde sein, das gefällt mir. Und er wäre mir das heute sogar, der Hirsch. Fehlt mir nur noch Hildemars Emailadresse.

54

Auf den Alëuten stehen
vierzig Stuten, fit für Ehen.

Ich denke noch einmal an Stuttgart. Mit einem Stutengarten fing es an, heißt es in älteren Ortsbeschreibungen. Ob es nun auch auf den Alëuten eine solche Stutenzucht gibt? Der Schüttelreim behauptet es immerhin oder lässt es uns ahnen. Die erste Schwierigkeit besteht für uns darin, die Alëuten auf der Landkarte überhaupt zu finden. Das mit den Stuten ist dann der zweite Schritt. Der dritte könnte sein, hinzufahren und sich die Sache anzusehen. Man sollte vorsorglich ein paar Hengste mitnehmen.

55

Inmitten Quark:
Quittenmark.

Hier wird ein Rezept vorgeschlagen: eine Art Joghurt mit Quittenmark. Ein tüchtiges Unternehmen könnte daraus etwas machen. Ich hätte gerne Tantiemen.

56

Gestern war die Sache schwierig,
denn die Schwestern waren gierig.

Der Fantasie sind Tor und Tür geöffnet. Kein weiterer Kommentar. Nur noch so viel: Sollten wir es hier mit den Damen aus Nummer 2 zu tun haben?

57

Eine Assel mit mehreren Käsen
verlangte, in Kassel zu äsen.

Mit großer Wahrscheinlichkeit eine der Asseln, die a) die deutsche Sprache kennen und b) sich am Wohlklang von Reimen ergötzen. Das dürfte sehr selten sein. Es gibt viele verschiedene Sorten von Asseln. In Deutschland kennt man am ehesten die Kellerassel. Hat sich unser Exemplar im *Keller* mit den Käsen eingedeckt? Und denkt sie nun an einen *Keller* in *Kassel*, um auch noch die Freuden der Alliteration auszukosten? Wie auch immer! Die Wattverstaltung, Entschuldigung: die Stadtverwaltung von Kassel sollte einem entsprechenden Antrag der Assel ruhig stattgeben, denn a) ist so ein Fall, wie schon oben festgestellt, selten, so dass die Gefahr einer Flut von weiteren Anträgen nicht droht, und b) rechtfertigt vielleicht eben der Seltenheitswert eine Zusage. Welche andere Stadt könnte mit so einem Fall aufwarten?

58

Der Frosch in seiner trägen Ruhe
nahm sich die ganze Regentruhe.

Doch alle Ruhe sollte trügen,
denn diese Truhe stand auf Rügen.

Ein Rima epica. Er schreitet erzählend voran und bemüht neue Reime. Er kann beliebig viele Elemente haben. Hier sind es nur zwei. Zur Interpretation dieses Exemplars: Man trägt auf Rügen in ererbten Krügen Lügen und begießt mit ihnen Balken, dass sich diese nicht mehr fügen, sondern biegen (und verkalken). Wir können für den Wahrheitsgehalt der platten Aktion des Frosches nicht geradestehen.

59

Meandernde Wolken
beim Wandern gemolken.

Ein Rima lirica, wo sich die Sprache eher selbst wichtig nimmt, als dass sie inhaltliche Interessen hat. Wer die Wolke melkt (oder gar milkt), bleibt offen. Trockenen Fußes kommt man aus diesem Reim nicht heraus.

60

Wie stürmisch Ann die Mutter küsste,
weil sie nun auf den Kutter müsste.

Abschied. Ich möchte anmerken, dass ich kürzlich im SWR eine Sendung über den Neckar gesehen habe. Da fuhr eine Kapitänin einen Lastkahn mit über tausend Tonnen Schrott den besagten Fluss (mit seinen Schleusen) hinab. Um eine solche Frau könnte es sich handeln. Die Frau in dem Film hieß aber nicht Ann. Wenn man gerne bösen Gedanken folgt, lässt der Schüttelreim wegen grammatikalischer Ambivalenz auch einen anderen Schluss zu, weil „sie" im zweiten Vers sich auf die Mutter beziehen könnte. Dann ginge es womöglich um eine Methode, sich der alten Dame zu entledigen: sie mit einem herrenlosen Kutter aufs Meer hinaus schicken. Es gibt noch eine Variante dieses Schüttelreims. Da wird *Mutterküste* zu einem sozio-geographischen Begriff: *Oh du meine Mutterküste, / dass ich nicht auf den Kutter müsste!*

61

Im Kahn die Schwarzer, der Schwan im Karzer!

Wenn man die Satire liebt, dann ist das ein politischer Schüttelreim. Gemeint wäre dann die bekannte Alice Schwarzer, da kann es kaum Zweifel geben. Vielleicht aber doch eine Dame, die nicht die bekannte Alice Schwarzer ist, aber denselben Namen trägt. Der Schüttelreim (auch das eine seiner grundlegenden Leistungen) komprimiert hier bis zum Äußersten eine Begebenheit, die sich auf einem kleinen See, wahrscheinlich mit Bootsvermietung, abgespielt hat. Vor dem Erscheinen von Alice Schwarzer am Ufer des Sees war der Schwan garantiert noch in Freiheit. Jetzt darbt er im Karzer. Man hat ihn eingesperrt, ins Gefängnis bugsiert. Was war passiert? Natürlich wissen wir es nicht genau, aber man braucht nicht viel Fantasie: Alice Schwarzer wollte Boot fahren, sieht diesen Schwan ganz in der Nähe, fragt den Mann an der Bootsvermietung, was für ein Schwan das sei: ein Schwan oder ein Schwanenweibchen - ach Gott, ein Schwan!? - Schaffen Sie ihn schnell fort, ich weiß, der hat es auf mich abgesehen, schauen Sie doch nur, wie aggressiv der schwänzelt! Ein kleines Trinkgeld tut sein Übriges, und schon hat der Mann an der Bootsvermietung sein Smartphone gezückt und die Polizei rückt an.

62

Erst hatte Lin die Totgeburt.
Dann sind wir mit dem Boot getourt.

Ein überraschender Fund allemal. Aber er ist mir zu traurig zum Kommentieren.

63

Jetzt lasst doch erst den Ollen sterben,
dann können wir den Stollen erben.

Dieser Schüttelreim ist auch nicht gerade zur Aufmunterung geeignet, aber längst nicht so traurig wie der vorige. Eher zynisch. Beim Stollen handelt es sich bestimmt um eine Mine. Vermutlich ziemlich einträglich. Vermutlich nicht fair betrieben.
Ist der saloppe Ton des Vorschlags, den der Schüttelreim wiedergibt, bezeichnend für die Erbenmentalität in den begüterten Kreisen bei uns?

64

Trink nicht so viel den schwarzen Wein.
Sprich mir doch mit dem Warzenschwein!

Das Warzenschwein ist aus seiner afrikanischen Heimat in ein europäisches Land verkauft worden. Es ist allein, es hat Sehnsucht nach seiner Rotte. Die väterlich freundliche Ermahnung des Schüttelreims ist voller Empathie mit dem Schwein. Der Adressat der Ermahnung ist der heranwachsende Sohn, der sich aus Afrika auch Wein mitgebracht hat. Vielleicht ist er jetzt, nach der Wahnsinnssafari („Wir haben sie alle!") etwas ziellos, haltlos, weiß nicht recht, was anfangen. Kein neues Abenteuer in Sicht. Hockt da und trinkt. Vielleicht. Auf jeden Fall scheint ihn ihr neuer Hausgenosse nicht sonderlich zu interessieren. Interessanterweise nennt man den Dativ („mir") im zweiten Vers einen Dativus ethicus (einen ethischen Dativ), in dem sich die Anteilnahme des Sprechers ausdrückt. Vater und Sohn geben hier ein Bild radikaler Verschiedenheit ab. Der Sohn ist seelisch gefährdet. Er könnte abstürzen.

65

Mein Ganter starb durch *poison*,
mein Panther durch die Geusen.

Vers 1 nehme ich diesem Reim noch ab, aber Vers 2 übersteigt das Maß dessen, was inhaltliche Relevanz verspricht. Da passt zu vieles nicht zusammen, zoologisch und soziologisch, aber auch historisch nicht so recht. – Oder? – Könnten die Geusen vielleicht heutige Pfadfinder sein? Könnte der Panther einem Zirkus entsprungen sein? Und mir dämmert: Das mit dem Ganter waren womöglich diese selben ungezogenen Burschen, die den Panther umgebracht haben. Das Schüttelnde Ich (*mein* Ganter, *mein* Panther) wüsste uns mehr darüber zu sagen. Hatte es den Panther an das Zirkusunternehmen verpachtet?

66

Der Tiger war in großer Not,
am Niger war er endlich tot.

Dann also vom Panther zum Tiger. Ein armer Tropf. Angeschossen. Qualvoll. So schleppt er sich noch bis Niger dahin. Ich finde es auffällig, wie der Schüttelreim sich generell auch der Tierwelt zuwendet. Ich denke, dass er uns mit seiner Begabung und mit seinem Sinn für das Nichtalltägliche Mahner sein will. (Wir sind Tieren gegenüber die reinsten Mordgesellen.) Wer im Übrigen glaubt, in Afrika gäbe es keine Tiger, sollte einmal John Varty fragen.

67

Die Satzung der Krieger
befahl: die Kratzung der Sieger!

Ein kulturhistorisches Schmankerl! Was für eine Regelung! Die Kratzung der Sieger! Genüsslich liegen sie da und lassen sich kratzen! – Nackend? – Ich denke schon. Je nachdem.

68

Sparen, sagten die Stadtwerke
und senkten (flächendeckend) die Wattstärke.

Eine etwas düstere Entscheidung der Stadtwerke.

69

Sie handelten mit Hängematten,
von denen sie 'ne Menge hatten.

Das Motto hieß: Fasse den Kunden!
Am Ende hats Kasse gefunden.

Ein zweiteiliger epischer Schüttelreim. Nichts Besonderes. Es bleiben Räume zum Fantasieren. Zum Ausmalen der Szene mit dem eigenen Farbkasten. *Fasse den Kunden!* ist die Regel heute. Gewalt muss nicht im Spiel sein, Überredungskunst genügt. Und Tricks. Ich sehe, wie sich die Kunden in den Hängematten hier *Probe* wiegen. Mit gutem Erfolg.

70

Der Haubentaucher hasst ihn!
Der Taubenhaucher fasst ihn.

Die relevanten Reimwörter stehen vorne. Das Reimpaar am Ende ist zum Teil Dekoration, hat aber auch die Funktion, der bösen Schärfe des Vorgangs Ausdruck zu geben: wie es zweimal kurz hintereinander im S-Laut zischt! *Ihn* im ersten Vers ist der Taubenhaucher, *ihn* im zweiten Vers der Haubentaucher. Der Taubenhaucher ist neu in unserer Vorstellungswelt, entdeckt erst vom Schüttelreim. Wann er und wie er und zu welchem Zweck er unterwegs ist, wissen wir nicht. Wir sehen aber klar, dass er gierig ist oder zumindest übergriffig. Was geht ihn denn der Haubentaucher an? Dessen Hass kann ich gut nachempfinden. Soll der Mistkerl von Taubenhaucher doch bei seinem Metier bleiben! Ich kann nicht umhin, mir den Hauch des Taubenhauchers als Gifthauch oder Pesthauch vorzustellen, und meine Sympathie mit Haubentauchern nimmt in einem unerwarteten Maß zu, seit ich diesen Reim gefunden habe.

71

Die Harpune konnte Tante bestens brauchen,
denn die Tante brannte für das Tauchen.

Ausgerechnet für das Tauchen brennen? – Mir fällt auch auf, wie Tauchen und Jagen hier Hand in Hand gehen. Ich finde das nicht in Ordnung!

72

Aus dem Mutterleib, als Zangengeburt,
wurde Elroy mit Bangen heraus gezurrt.

Hier, meine ich, sagt's der Schüttelreim mit einem hohen Grad an Realismus. Hoffentlich hat Elroy keinen Schaden davongetragen!

73

Mit der zierlichen Zofe des Nachts in der Hecke!
(Bei Hofe betitelt man sie als Zecke.)

Da lässt sich nicht viel sagen. Das sind zwei verschiedene Welten, hier die Hecke, dort der Hof. Im Grunde sind die Höflinge neidisch. Man hört in den Zets das neidische Getuschel.

74

Eine tolle Idee der Leute vom Grau-Bund:
Sie verschenken (kaum zu denken)
ihre Gärten als Baugrund.

Echt philanthropisch! Ehrlich. Zumeist sind es doch betagtere Leute im Grau-Bund, oder? – Ich habe allerdings ökologische Bedenken. Jeder als Bauland verschenkte Garten-Quadratmeter senkt die Zahl der Bienen bei uns. So toll ist die Idee also wohl doch nicht. Man sollte die Leute vom Grau-Bund beraten. Sie werden eine bienenfreundlichere Kanalisierung ihrer Wohltätigkeitsimpulse dankbar akzeptieren.

75

Aus dem Frust der *alten Leier*
erwächst, sagt sie, die Lust der Freier.

Die zitierte Aussage ist an eine Frau gebunden, die Erfahrung mit käuflicher Liebe hat. Es ist ihr Standpunkt, ihre Sicht der Dinge. Das muss nicht wirklich die Wahrheit sein. Es geht um ein Stück ihrer Erfahrung. Mit der *alten Leier* kann die zitierte Frau wohl kaum etwas anderes meinen als das Phänomen, dass sich in einer Liebesbeziehung sehr wohl auch Langeweile einschleichen kann. Das liegt auf der Hand.

76

Ich sah Kino
im Kasino.

Wortspiel. (*Der* Wesenszug des Schüttelreims überhaupt!)

77

Schau mal hier: die *Sonnennessel!* –
Bei uns ist das der *Nonnensessel*.

Eine charmante Persiflage auf die Häufung von Blumennamen. Ich habe erst kürzlich gelernt, dass zum Beispiel das Gänseblümchen im Deutschen etwa hundert Bezeichnungen hat. Eine wäre Tausendschön, eine andere Maßliebchen. (Als Orthografie-Freak fällt mir das Doppel-N genau in der Mitte der Sonnennessel auf. Das ist hübsch. Im Nonnensessel sind dafür die beiden Doppelkonsonanten symmetrisch schön verteilt.)

78

Als ich sie küsste, kam das Brennen:
Ich lernte ihre Brüste kennen.

Inhaltlich ist alles klar. Das Brennen ist nicht physiologisch zu verstehen. Die Interpunktion ist zuverlässig. Das Brennen hat etwas Metaphysisches.

79

Paul möchte gern wie Klose leben,
am Fußball nur noch lose kleben.

Zwar scheinen *lose* und *kleben* im Widerspruch zueinander zu stehen, aber der Schüttelreim weiß, dass Klose am Fußball regelrecht klebt und ihm in beratender Funktion treu bleiben will und wird. Dann heißt *lose* nur, dass Klose kein aktiver Kicker mehr ist.

80

Lass der Wahrheit Schein nicht sinken:
Das Sein ist wesentlich im Schinken!

Ein Schüttelreim aus meiner Heidegger-Phase. Dem Seienden des Daseins eignet ja, dass durch sein Sein dieses ihm selbst erschlossen ist. Es versteht sein eigenes Sein im Sinne eines gewissen tatsächlichen Vorhandenseins. Und das hat seine eigentliche Zuhandenheit ganz offensichtlich im Schinken. Vom Schinken einmal abgesehen, verdanke ich den größten Teil dieser Einsichten der achten unveränderten Auflage von Sein und Zeit, 1957. Sein und Zeit war zuerst 1927 erschienen.

81

Mit jedem Becher wuchs die Anzahl der Zoten:
Alles Zecher – die Boten!

Die Sache liegt ganz im Alkohol. Der Bote des Gutsbesitzers, der als Büttel im Dorf melden soll, dass dreizehn neue Kälber das Licht dieser grundherrlichen Welt erblickt haben, ruft, nachdem er tüchtig gebechert hat, durch die Gassen: Unser Herr hat dreizehn neue Weiber im Stall. Eine kaiserliche Depesche mit der Botschaft, man würde mobil machen: Der Herr Baron würde alles nur noch mit seinem Stiel machen. Aus einer Fruchtscheune wird ein Freudenhaus, und so weiter.

82

Du kannst die Vertonung gleich lassen,
die einz'ge Belohnung sind Tassen.

Das ist befremdlich. Ich sehe aber die Geschichte dahinter. Jemand hat sich in der Hoffnung auf eine ordentliche Bezahlung an die Arbeit der Vertonung eines bestimmten Textes gemacht und wird von einem Vertrauten schon gleich bei den ersten Vorbereitungen gestoppt. Der Vertraute hat erfahren, dass die Bezahlung allein aus Tassen bestehen werde. Die Auftraggeberin ist eine Porzellanmanufaktur. Ich weiß, wovon ich spreche: Ich wohne in Ludwigsburg in der Porzellanallee, und diese hat ihren Namen von der Porzellanmanufaktur, die es hier über zweihundert Jahre lang gab. Ständige Geldnot! Der zu vertonende Text war ein billiger Werbetext aus den fünfziger Jahren: Unser Porzellan, ihr Leute, / ganz besonders günstig heute! / Morgen ziehen, wenn auch leise, / unsere Preise / wieder an. / Ludwigsburger Porzellan!

83

Gerade noch ein Wurm auf Stelzen,
nun sieht man ihn im Sturm sich wälzen.

Ist das bestrafte Hybris oder ein bloßes Unglück? Was will er denn auf seinen Stelzen? Will er imponieren oder spielt er nur? Ist er gar eine Figur von Lewis Carroll? Es kam auf jeden Fall dieser doofe Sturm, unvorhergesehen, und hat ihn überwältigt.

84

Man sah die jungen Damen raten:
Was sind denn hier die Rahmendaten?

Wir wollten doch ein großes Blau,
jetzt haben wir ein bloßes Grau!

Ihr könnt uns mal! Wir wollten tanzen!
Nennt man uns nicht die Tollen Wanzen?!

Es ist wohl so, die Damen sind eingeladen worden, um zu tanzen, Profis, und nun stimmt vieles nicht, was sie erwartet hatten. Sie haben den Vertrag vermutlich sehr schlecht ausgehandelt. Ein dreiteiliger Rima epica. Nach meinem Gefühl fehlt ihm der Pfiff. Zu behäbig.

85

Du musst mehr essen, Strich. –
Du sollst nicht stressen, Ich!

Ein radikaler kleiner Dialog zwischen einem Ich und einer Person, die das Ich Strich nennt. Es liegt eine Persönlichkeitsspaltung vor. Strich vertritt die Physis dieser Person. Vermutlich handelt es sich pathologisch um eine Anorexia nervosa. (Nomenklatorisch müsste man diesen Schüttelreim einen Rima drammatica nennen, wenn es doch Rima epica und Rima lirica gibt.)

86

Glaubst du, wenn die Nutten kämen,
dass wir alle Kutten nähmen?

Wohl eher nicht! Es gibt immer genug Neugierige und genug Hasardeure.

87

Drei Dünen malte Leibl bloß:
In Lünen war der Deibel los!

Das ist eine tolle Geschichte! Ich hatte nicht gewusst, dass Leibl überhaupt Dünen malt! Ich habe drei Frauen in der Kirche vor meinen Augen, wenn ich an ihn denke, und viele andere Leute. Aber Dünen? Und auch niemals mit Lünen hätte ich Leibl verbunden. Der gehört als Maler nach München. Gibt es in der Lüneburger Heide überhaupt Dünen? Und warum diese riesige Aufregung? Was steckt dahinter? Die Lünener müssen Leibl ja zu einer großen Zahl von Dünen verpflichtet haben! Und jetzt geht der her und malt gerade mal drei. Mein Gott! Vielleicht ist es gar nicht Wilhelm Maria Hubertus Leibl aus Köln?

88

Achilles wollte gern Direktor heißen.
Da gabs nur eines: Hektor reißen.

Direktor? Achilles? – Sehr unkonventionell! Dennoch versteht jeder, was gemeint ist: Ton angeben, Chef spielen, das Sagen haben. Es ging Achilles um das Ansehen, aber nicht um das Amt. Er wollte ja auch nur Direktor *heißen*. Die Wendung Hektor *reißen* befremdet uns ebenfalls. Voller Brutalität. Das wirft ein Licht auf die schändliche Verfahrensweise, wie Achill mit dem Besiegten am Ende umgeht.

89

Wie doch die Zeitung eifrig log,
als Wilson in die Leitung zog.

Ich kann es mir nicht anders vorstellen, als sei dieser Wilson der Wilson aus den Nummern 29 und 49. Wir haben ihn schon zweimal in einem Schüttelreim-Milieu kennen gelernt, das nicht allzu freundlich ist. Einmal furzend, einmal als vermeintlichen Schwarzhörer. Und jetzt plötzlich rückt er in die Leitung der Zeitung auf! Da muss man als Zeitung, vielleicht nicht wirklich lügen, aber doch nach Kräften beschönigen. Insider oder besonders kritische Leute mögen das dann als Lügen diffamieren.

90

Er wollte ihr nur Socken bringen.
Jetzt darf er auf dem Brocken singen.

Ein Kabinettstückchen. Der Typ hat ihr Eindruck gemacht. Statt feinen Seidenstrümpfen bringt er ihr einfach Socken. Das ist originell. Sie will ihn belohnen. Sie verhext ihn. Und nun hat er in der Walpurgisnacht sogar seinen Auftritt.

91

Wenn dein Sehen schlafft,
hilft Schlehensaft.

Na dann!

92

Immensterben?
Die Grünen werden Stimmen erben!

Ein politischer Schüttelreim. Dass er *Immen* sagt statt *Bienen*, klingt altmodisch. Das ist nicht verwunderlich, der Schüttelreim schöpft nicht nur aus dem aktuellen Sprachreservoir! Formal wäre zu *Immen / erben* grundsätzlich noch anzumerken, dass bei Alliteration nicht zwischen den einzelnen Vokalen unterschieden wird. Vokale alliterieren sämtlich untereinander. *ibu du mir enan sages / ik mir de odre uueet* (wenn du mir einen nennst, kenn ich auch die anderen), heißt es im Hildebrandslied zum Beispiel.

93

Sheng Hui und ihr Co. mit dem Zopf
tragen den Zoo schon lange im Kopf.

Sheng Hui dürfte die eigentliche Macherin sein, nüchtern, zielstrebig, tüchtig – eine Garantin für den (wirtschaftlichen) Erfolg des Zoos, während ihr Co. eher etwas vom Künstler hat, vielleicht auch der größere Tierliebhaber, auf jeden Fall derjenige ist, der dem Zoo sein Gesicht geben wird. Er wird die Ställe und die Anlagen gestalten, er wird im Wesentlichen über die Tierbestände entscheiden. Die beiden werden gut kooperieren.

94

Nicht jeder *loser*
ist ein Leder*user.*

Nicht alle Schüttelreime sind gleich stark. Das erwartet auch niemand. Dieser hier hat zwei moralische und einen formalen Fehler. Er teilt die Menschheit in Gewinner und Verlierer ein, was Quatsch ist, weil wir alle beides zugleich sind. Der zweite moralische oder überhaupt auch inhaltliche Fehler liegt in der Diffamierung von Lederbekleidung und solchen Leuten, die sie gerne tragen. Formal: Die Zweisprachigkeit auf engstem Raum ist wenig befriedigend.

95

Statt länger mit der Brut zu ringen,
wärs besser, jetzt schon Ruth zu bringen.

Die Szene ist auf dem Theater, im Ballett, in der Oper, im Chor: wie es beliebt. Die Verantwortlichen verzweifeln an dem unzureichenden Auftritt der niedrigen Chargen und überlegen sich ernsthaft, ihr Faustpfand, nämlich Ruth, schon gleich einzusetzen. Ruth mit ihren außergewöhnlichen Fähigkeiten könnte die anderen mitreißen. *Brut* ist reichlich abfällig ausgedrückt. Wir haben es schon öfter gesehen: Der Schüttelreim ist eigenwillig und gelegentlich ziemlich rücksichtslos. Möglicherweise will er mit dieser Wortwahl aber doch die Brutalität spiegeln, die auf manch einer Probenbühne herrscht. Hat nicht zum Beispiel der Schauspieler Paulus Manker dem Regisseur Dieter Wedel vorgeworfen, wie ein nordkoreanischer Diktator zu agieren und Angst und Schrecken unter den Schauspielern und Schauspielerinnen zu verbreiten? Meine Quelle dafür ist der Wikipedia-Eintrag über Wedel.

96

Beim Fünf-Meter-Pissen
wollte niemand Peter missen.

Ich kannte diesen Wettbewerb bisher nicht. Der Schüttelreim ist per se ein begabter Erfinder. Vielleicht hat er hiermit das Fünf-Meter-Pissen überhaupt erst erfunden. Es werden sich entsprechende Vereine bilden. Man wird sich PC nennen: Piss Club. PC Waldheim zum Beispiel. Ob fünf Meter nicht allerdings etwas zu weit gegriffen ist? Hat der hier zitierte Lokalmatador es geschafft, dieser Peter?

97

Sie hatte auch Lieblinge, Schneewittchen! –
Walter zum Beispiel.
W-Schnittchen bekam dieser Zwerg
vorzugsweise serviert.

Jetzt zum Schluss wenigstens ein Schüttelreim in der Form eines Distichons: ein Pentameter mit einem Hexameter dazu. Es geht um Schneewittchen und den Zwerg Walter. Vielleicht haben die Zwerge wirklich Schneewittchen gesagt, mit dem Akzent auf der ersten Silbe und nicht (wie wir es in der Regel tun) Schneewittchen, mit dem Ton auf der zweiten Silbe. Dieser Walter muss es irgendwie geschafft haben, Schneewittchen zu bezaubern. W-Schnittchen hat er von ihr bekommen. Sie muss sie extra zubereitet haben. Sie hat wahrscheinlich aus rechteckigen Schnittchen jeweils unten in der Mitte eins und oben links und rechts der Mitte zwei Dreiecke herausgeschnitten und so die W-Form erzielt. Nicht allzu schwer, aber doch jedes Mal eine kleine Mühe – Walter zuliebe! W wie Walter! Vielleicht hat sie beim Herausschneiden die Teigreste selbst gegessen.

98

Wer immer in der Schule kiffe! –
Wir nannten sie nur „Coole Schiffe".

Angst und Neid ist bei denen, die sie so nennen. Auch Bewunderung. Eine interessante Mischung.

99

Erst kam das große Schautrinken,
dann fraßen sie den Trauschinken.

Eine sehr grobe Hochzeitsfeier. Essen und Trinken ganz im Mittelpunkt. Möglicherweise haben die Hochzeiter sich das Motto der „kleineren Vereine" zu eigen gemacht: *Die kleineren Vereine schworen: / Mehr Elan durch Schweineohren!* Oder kannten sie die Nummer 80 und haben die Sache mit dem Sein nicht so richtig verstanden.

100

Des Morgens wecken mich die Schnalzer
vom rituellen Schneckenwalzer.

Ähnlich wie in Nummer 1 scheint es hier um ein akustisches Phänomen zu gehen. Kaum hörbare Vorgänge. Aber dem ist nicht so. Das hier ist l'art pour l'art, Schütteln um des Schüttelns willen. Ich höre die Schnalzer nicht.

101

Was will die geile Sphinx uns lehren? –
Sie sendet Links aus dunklen Sphären.

Schüttelreime und die Sphinx! Der Vergleichspunkt (das Tertium Comparationis) ist das Geheimnis.